세월 여행

김국환

지식나무

Travel through time

by

Kook Hwan, Kim

Goodtree Publishing House

세월 여행

구름의 흐름과
바람의 지나감도
뜻이 있거늘

하늘의 날줄과
세월의 씨줄로 살아가는
인생길에

삶의 뜨락에 꽃도 피우고
청 푸른 하늘의 꿈들도
일구어야 하리니

어찌 조각난
세월 모퉁이를 지나 가리요

오늘도
좋은 날,

세월 여행!

| 차 례 |

1월

희망으로 시작하는 달

이어령, 생명이 자본이다. 마로니에 북스, 344.

새해아침

13

한해가
시작되는 1월은
눈빛도 가득하다

이 마음
저 마음들이 모여
희망스럽기도 하고

그래,
한번 해보아야지
뜻을 이루기 위해

그렇지,
어려움이 다가와도
견디어 내면서

꿈이 이루어질 날들을
바라보며 그 맘결로 시작하는
새날의 아침!

희망 돋이

떠오르는 아침 해는
왜 붉은 빛일까요?

하루해가 저물 때는
왜 노을빛일까요?

아마도
수많은 사람들의
소원을 들어 줄 수 없는
부끄러움 때문은 아닐 런지요

그토록
많은 사람들의 염원을
이루어 줄 수 없음의
안타까운 마음은 아닐까요?

년 말과 새해가 되면
이제는 해넘이 해돋이 보다는
마음에 떠오르는 희망 돋이를
해야겠습니다

눈길

눈 내리기
딱 좋은 어제 밤에
함박눈이 소복이
쌓였다

세월 자국 몇 개를
남겨 보려고 가지 않은
눈길을 걸어가 본다

저만치 가다 돌아보니
혼자 걸어간 길 위에는 왠지
누군가의 기다림도 남아
있는 것 같다

그래,
올해도 좋은 분들과 함께
인생의 하룻길을 즐겁게 가야지

서로를 보듬는
따듯한 마음으로…

참새 떼

추운 겨울바람을 피해
따스한 양지녘에 참새들이
옹기종기 모여 있네요

요리조리 움직이며
재잘재잘 소리도
높이나 봅니다

세상의 모진 세파를
이겨 내려고 함께함이
인생을 닮은 모습이네요

서로 자리다툼을 벌이며
높고 낮음을 재 보려는 것도
마음씀씀이도 그렇습니다

그럼에도
하늘가는 길에
서로를 마주함이 어찌
위로가 되지 않겠습니까?

새 마음가짐

세상에는
이것저것 보이는
것들이 많아서

안경을 쓰고라도
가까이 있는 것부터
저 먼 곳까지

남들이
보지 못하는 것까지도
찾고 찾아서 자세히
보려고 합니다

새해에는
좋은 것을 찾듯
귀한 것을 아끼듯이

주변의 소중한 것을
좀 더 귀하게 보려는
마음을 가져야겠습니다

새벽 길

아직도
어둑한 이른 새벽인데
여기저기에 움직임들이
보이고 느껴집니다

새벽 사람들은
저마다 익숙한 듯
부지런히 제 갈 길을 가네요

저마다의 이유와 목적으로
길을 나서지만 이분들이
새벽을 깨우는 사람들이네요

부디
오늘 하루 모든 분들께
좋은 일들이 가득하시길
기원해 봅니다

올 한 해도

올해는
물처럼, 바람처럼
그렇게 살아가야지

물은
오를 언덕이 있으면
서두름 없이 때를 기다리고

바람도
부딪힘이 있을 때
돌아가는 것처럼,

올해도
넉넉한 마음으로
바람에 구름 흐르듯
그렇게 그렇게 살아가야지…

겨울바람

추운 겨울바람이
매섭게 휘몰아친다

화가 난 사람의
말머리처럼,

차가운 북풍 한파 속에는
바람과 함께 눈도 섞여 내려
몸과 마음을 움츠리게 하지만

시간이 흐르고 계절이 변하면
따스한 바람도 불어오겠지

이제 겨울 말들도
세월에 물들어 철이 들면
따스해지려나?

눈이 쌓이듯

함박눈이
끊임없이 내려
소나무 가지에
수북하게 쌓였네요

세상이
온통 눈으로 덮여
설국의 정취가 느껴집니다

눈이 쌓이듯
우리의 생각과
마음들도 모아지면
눈 세상처럼 보기에 좋았으면,

하얀 눈처럼
함께 살아가기에
맑고 깨끗한 세상이
되었으면 좋겠습니다

동치미

시원하고
아삭한 맛의 동치미는
겨울이 제철

추운 바람 불던 겨울밤에
따뜻한 아랫목에서
무엇인가 기다려 질 때

어머니께서 웃으시며
내미셨던 동치미 한 사발
그리고 찐 고구마 몇 개

그것만으로도
행복했던 그 시절

오랜 시간이 지났어도
어머니의 손길은 그리운
마음의 고향!

대봉 연시

서리가 내리는
늦가을까지도 설익어
떫고 단단했던 땡감

눈 내리는
추운 겨울을 맛보고
그제야 철이 들고 마음이 영글어
연시로 자기를 내어 주는데

세월 물든 깊은 맛에
식감도 부드럽고 달콤해서
눈 내리는 겨울철 별미

무엇이든
철들어야 제 맛이 드는 것을
생각나게 하는 추운 겨울
어느 날!

삶의 빙산

세상에는
기쁨보다 슬픔이

웃는 날보다
염려와 걱정이 많은 것은

삶의 어둠 빙산들 때문,

그럼에도
눈가에 웃음 지음은
내일로 가려는 노력들

삶이 겨울로 기울면
보이지 않는 것을
더 생각해야 할 때!

삶의 빙산

2월

바람결도 부드러워지는 달

"겨울이 봄을 데리고 오듯이 분명 인생도 그러하다."

니치렌 대성인, 어서, 1253.

힘이 있을 때

겨울이
떠나려는 것 같습니다
봄이 저만큼에서 오는 것을
보고 있으니까요

이렇게 갈 것을
한 겨우내 그렇게
모진 마음이었네요
동장군의 한파와
북극 폭설로 모두를 말입니다

이제는 지난 겨울을 후회함인지
다시 올 때를 생각함인지
겨울이 늦은 표정관리를 하네요

모든 것이 그렇듯
힘이 있을 때 끝을 볼 수
있으면 좋겠습니다

변명

2월은
찬바람이 불기도 하고
봄 같은 따스함도 느껴져서

곤충도 식물도 사람도
혼란을 겪는 때

지난날을 되돌아보니
어쩌면 우물쭈물한 모습이
2월처럼 느껴지는데,

이게
어디 2월 탓만이겠습니까?

그것이
어디 내 탓만이겠습니까?

살다보니
그런 것은 아닐 런지요

ㅎㅎㅎ, ㅋㅋㅋ

얼음새꽃

얼음새꽃, 복수초

어이하여 잔설과
삭풍의 한겨울에
눈얼음 속에 꽃을 피우는가!

보고 잡은 눈빛 땜 시
고은 꽃잎 피워 내려고
애가 타서 그랬나 보다

그럼에도
어찌 이 엄동설한에
이토록 고은 노란잎으로
그렇게 물들어 있는고,

언 손으로
꽃잎 호호 불면서도
나를 보며 행복하라는
어여쁜 눈새기꽃

이제 봄도
너를 보러 곧 오려나 보다

따뜻한 마음

양지바른 곳에
햇살 가득한 볕 기운이
따스함을 느끼게 합니다

지난겨울은 날씨도
주변의 상황들도 유난히
웅크리게 했거든요

따스함에는
보살핌이 묻어 있어
온정을 느끼게 합니다

우리네 삶 주변에도
2월의 양지녘 햇볕처럼
가까이 다가가기만 해도
따스함이 전해지길 바래봅니다

삶의 선택

삶은 매 순간
선택의 연속입니다

순간의 선택이
삶의 힘이 되기도 하고
마음의 짐이 되기도 하지요

잠시 후에
또는 먼 훗날까지
생활에 영향을 미치는 선택들

잠깐 머물러 서서
생각해 보고 선택하는 것은
어떨 런지요

순간의 선택이
내일을 아름답게
보듬도록 말입니다 - 졸업을 축하하며

겨울 끝자락

아직은
겨울인지라
흰 눈이 내린다

흰 머리카락 날리듯
바람 따라 이리저리
흩날리며 어설픈 모습을
남겨 놓는데,

눈이 내린다고
오던 봄이 걸음을
머무를 거나?

이렇게
올 봄은 오다 가다를
반복하는 중!

철드는 날씨

추위가
말없이 가버린 곳에
훈훈한 봄바람이
슬며시 다가와

새들로
노래하게 하듯

아이들도 들뜬 마음으로
배시시 눈웃음 짓게 하고

눈치 빠른
멍멍이도 덩달아
꼬리치게 하는데,

올해는
2월의 날씨도
이렇게 철이 드는가 봄

숨어있는 계절

봄 같은 겨울
허나 바야흐로
겨울 속의 봄

추위 속에 숨어서
오는 봄을 가슴에 담고
봄과 겨울을 오가는 계절

너처럼
겨울도 봄도 아니어서

2월은
바람도 이리저리
불고 있나 보다

농부의 마음

아직도
봄이 저 멀리 있는데
농부의 손길은
벌써 논밭에 나가 있다

땅을 파고
거름을 주고
이것저것 준비에
이마에 구슬땀이 맺는다

때를 앞당기는
농부의 마음이
오늘을 살아가는 삶의 지혜인 듯…

가지치기

봄이 오기 전에
가지치기로 분주합니다

제 맘대로 난 곁가지도
그대로 두어야 할 줄기를
위해서도,

나로 가득찬 가시나무에도
조각난 마음에도
가지치기가 필요합니다

함께 살아갈
숲을 이룰 나무처럼

내일을 위해서도
꼭 필요한 맘 길입니다

마음의 가지치기
모두를 위한 돌아봄입니다

찻잔의 향

뫼가 높으면
골이 깊다 하였는가!

인고의 날들이 길면
삶의 여운도 진하듯

추운 겨울을 견디어 온
찻잔 속 매화의 향은

솔 옹이처럼
진하기만 한데…

3월

삶의 잎들도 돋아나는 달

"오늘 걷지 않으면 내일은 뛰어야 한다."

도스토예프스키의 명언집에서

바람결

봄이
부드러운 바람결로

하늘을 나는
노고지리의 노래로

그리고
나뭇가지 색의 변화로,

연한 연두빛깔에서
푸릇푸릇한 색상으로
그 후에는 파릇파릇함으로,

날마다 파랗게 더 파랗게

봄볕도
따뜻하게 더 따뜻하게
다가오는 봄날의 오후!

봄맞이

저만큼에서
봄이 오나 보다

봄소식은 반가움

벌써 새들이 노래하고
주변의 살아있는 것들이
봄맞이하려나 보다

나도
저만치 오고 있는
맑은 봄을 맞이해야지

내일을
봄처럼 살아가야 하니까…

봄맞이

꽃망울

하루가 다르게
바람결이 부드러워지는 요즘

가지 끝의 꽃망울도
놀란 가슴 달래며
붉은 빛을 내비치네요

지난 겨우내
추위에 떨며 움츠렸던
마음이어서 그런가 봅니다

작은 꽃망울 속에 담겨 있는
아름다운 봄 세상은
어떤 모습일까요?

새싹

훈훈한 봄바람에
겨우내 움츠렸던 새싹들이
기지개를 켜듯 여기저기
고개를 내밀고

양지 녘에
벌써 쭈뼛한 눈 잎으로
세상을 내다보려는 듯,

연약한 풀들도
제 때를 만나면
세상을 푸르게 물들이는데…

산수유

물 흐르는
굽은 개울가에 핀
웃는 아가 얼굴의
산수유꽃

추위에 지친 사람들에게
봄이 왔음을 전하려는
서두른 마음에 잎보다
먼저 꽃잎을 피워

봄이 오는 길목을
노랗게 물들임이여!

그 반가움으로
아지랑이와 종달새를
노래함이여!

빛나는 인생

젊은 세대를 볼 때마다
에너지와 밝음의 힘이
자랑스럽습니다

햇살처럼 창창한 젊음이
무엇이든 할 수 있고
이룰 수 있는 가능성과
일에 대한 열정도 그렇습니다

부디
젊은이들의 미래가
밝음이길 바랍니다

빛나는 인생이 되길
응원합니다 - 입학을 축하하며

작년 이맘때

세월은 그대로 인데
사람들은 가는 세월
오는 세월이라 말들 하지요

그러고 보니
벌써 작년 이맘때네요
뒷산에 진달래가
곱게 피었던 것이,

들에 새싹도
나무사이를 날던 새들도
흐르던 시냇물도
저 멀리 가버린 것이,

이제 내년
이맘때가 되면
나를 보고 웃으며 저만치나
갔다고들 말하겠지요

봄길

온 동네가 꽃대궐

개나리, 진달래, 목련,
벚꽃에 영산홍까지,

날씨마저 따스하고
바람결도 부드러워

봄길을 나서며

길섶에 핀 꽃들에게
묻는 한마디,

사람 꽃도 피면
아름답겠지?

만개한 목련

목련꽃이
다함없이 피었네요

흐드러지게
꽃 맘도 열려 있고요

보란 듯이
환한 얼굴을 내밀었습니다

목련을 보면서
우리네 인생도

때가 되면
아름다운 꽃들로 피어

행복한 세상을
만들면 좋겠습니다

모종

빈터에
고추 몇 그루를 모종하고
얼마 지나자 잎과 줄기가
제법 굵어져서

이제
별일 없이 자라기를 기대하지만
그게 어디 바람뿐이랴!

열매를 맺기 위한
보이지 않는 치열함이,

미약한 식물일지라도
생존을 위한 생명력의 강인함이,

우리들의 삶인들
이와 무엇이 다를 것인가!

오늘
하루를 살아가는 가슴 떨림이…

봄 손님

참으로
기다리던 손님이 오십니다

봄비가
반가운 손님처럼 오십니다

오시는 손님이
생명의 힘을 선물하여
온 세상이 푸르러졌습니다

반가운 손님이
살만한 푸르른 세상을
만들어 놓았습니다

가시려는 봄 손님을
그냥 보낼 수 없어
푸르러진 마음으로 인사라도
해야겠네요

사순절

인생을
사랑하시어
사람이 되신 예수,

하늘의 뜻을
마음에 담고
40일을 살아내는 나날들

마른나무에
새순이 돋고

메마른 땅에
풀잎이 솟아나 듯

그렇게
예수로 살아가는 때!

작은 씨앗

농부의
손안에 들려 있는
작은 씨앗

그 속에
감추어져 있는

자연의 비밀
생명의 원리
하늘의 신비,

올해도
희망의 씨앗 한 톨을 심는
농부의 마음

4월

인생의 꽃들도 피어나는 달

“내 인생의 봄처럼 꽃은 핀다.”

설하윤, 세상에서 제일 예쁜 내 딸, OST 중에서

꽃 피울 인생

사월의
연초록 잎들이

일찍 일어난 새들이
청 푸른 봄 아침을 깨운다

오늘 하루는
인생이 피어날 그 날임을
사월의 아침이 외치는 듯하다

그래,
오늘은 무엇을 하든

사월의 푸름처럼
아침을 깨우는 봄바람처럼

그렇게 맑고 밝게 살아가야지

결국
4월처럼 피어날 인생이니까!

종달새 노래

봄들녘에서
노래하는 종달새

오는 봄이 좋다고
나지막한 언덕 위에서
종달종달

좋은 때
무엇이든 얼른 준비하라고
종달종달

그 소리에
마음 눈 밝혀 두리 두리번

봄 언덕에서
들려오는 맑고 밝은
노고지리의 봄노래 소리

꽃망울

봄이 되니
반가운 봄 소리가
들리고 보이기도 합니다

그 중에 하나가
조용히 움트고 있는
꽃망울입니다

작은 꽃잎 안에는
이 길을 지났던
삶의 숨결들이 담겨 있네요

바라기는
꽃망울들이 꽃으로 피어날 때

이 길을 지났던 삶 결도
환하게 피어나길
바라는 마음입니다

부활절

떠도는 어린 자식
홀로 내버려 둘 수 없듯

길 잃고 방황하는
나그네를 스쳐 갈 수 없듯

날마다
그들과 함께 하시어

인생 꽃을 피워
살 만한 세상이 되도록

십자가에서,
죄의 어둠에서,
절망의 땅 끝에서,

예수께서
다시 살아나시는 날!

늦은 새순

나뭇잎들이 돋았으나
몇몇 나무에는 아직 봄이 오지
않았나 봅니다

때를 잊은 듯합니다

그런데
엊그제부터 귀여운 새싹 눈이
움터 있더니

늦은 것을 알아서인지
그 변화의 빠름을
느낄 수가 있네요

그렇습니다
늦었다고 다 늦은 것은
아닌가 봅니다

제 때를 지켜 가는 것이
아름다움입니다

청명

하늘이
푸르고 맑다하여
청명이라 하는데

세상을 보는
눈과 마음도 제 때에
푸르게 맑아졌으면,

함께
살아가는 모습들이

삶속에
남겨지는 흔적들이

오늘처럼
푸르게 더 맑아졌으면…

싸리꽃 향기

산행 길에
싸리꽃 향기가 진하여
멈추어 보니

작고 가느다란 흰 꽃잎으로
산 중턱의 공간을
향긋한 냄새로 물들이는데

작은 꽃잎에
무엇이 담겨 있기에
이토록 향기로울까?

내면의 아름다움으로
살만한 세상을 만들어 가는
진한 싸리꽃 향기!

삶의 반전

흙이 키워 낸 생명보다
더한 반전이 있을까?
이보다 더한 감동이 있을까?

꽃으로 피어
숨겨놓은 예쁜 마음을 보여 주듯
여물은 열매로 곡식을 내어 주듯,

어려움을 극복하고
꿈을 일궈 낸 눈빛도
삶의 대반전

오늘처럼 햇살이 좋은 날에,
지금처럼 영글기 좋은 날에,
이토록 꽃을 피우기 좋은 날에,

우리들도
행복으로 피어나기를
바라는 마음

세월 모퉁이

땅에 심겨질
한 알의 밀알 속엔
수많은 열매가 숨겨져 있듯이

내 안에도
숨겨진 생각 한 톨,

오늘을 푸르고 맑게

내일도
힘차게 살아갈
삶의 에너지

세월 모퉁이에서
다시 한 번 손짓하는
생각 한 톨!

꽃길

봄이 되니
발길 닿는 곳마다
꽃길,

봄꽃

사람 꽃

하늘꽃,

봄길이
더 행복한 이유

봄날의 아침

하늘은
끝없이 높푸르고

맑은 새소리만
고요한 봄날의 아침을 깨우며

나뭇잎들은
엷은 연두색으로
세상을 물들여 가고

수줍은
라일락 향기가
봄 마음을 재촉하는데,

아! 어찌 이보다
더 좋을 수 있으랴!

화창한
어느 봄날의 아침에…

돌아 가는 길

기러기
제 집을 찾아
날갯짓하는 계절

고향 떠나
외지에서 살던 나날들
그 외로움을 묻어두려
제 곳으로 간다

앞서거니 뒤서거니
갈길을 찾아
어린 자녀 앞세워
먼 길을 나서며

잘 보라고
다시 오갈 때
길 잃지 말라고 끼룩끼룩
부모의 먼 길을 간다

안개

안개가
자욱하여 앞이 보이질 않네요

마치
복잡한 일들로 맘 길이
얽히어 있는 것처럼

그래도
가야 하기에 조심조심
너에게로 나가 봅니다

이제는
앞이 잘 보일 때
아침 마음으로 멀리까지
내다보아야겠습니다

오늘 안개를
기억하면서요

5월

마음도 깊어지는 달

"행복한 가정은 미리 누리는 천국이다."

로버트 브라우닝, 영국 시인

노모의 장바구니

노모의
장바구니에는 식탁에 오를
식자재로 가득합니다

이것저것
요것조것
그리고 어머니의 사랑 마음
한 아름까지

노모의 발걸음은 느리지만
맘 걸음은 어느새 부엌 옆의
작은 식탁에 앉아 계시네요

자녀들이
맛있게 먹는 모습만으로도
웃음꽃 한 다발이신
노모의 얼굴로…

동네 놀이터

놀이터에
아이들은 보이지 않고
놀이 기구들만 덩그러니,

얼마 전까지만 해도
하늘을 닮은 해맑은 웃음소리가
놀이터에 가득했었는데

지금은
여기저기에도 아이들이
보이지 않기는 매한가지

아이들이 있어야
하늘나라를 볼 수 있는데

천심으로 웃고 사는
빛난 눈빛들이 오늘은
어디에 숨어 있느뇨!

이 좋은 오월에…

삶의 조화

겨우내
솔잎만 보이더니
온갖 나무에 잎이 돋아
푸른 숲이 되었다

작은 잎, 큰 잎
좁은 잎, 넓은 잎
아래 잎, 위 잎
온통 나뭇잎 천지다

멀리서
가까이서 보아도
아름다운 숲이 자연의
조화와 균형을 이루고 있다

같은 공간 속에
개성들이 돋보임에도
삶의 조화를 이루어 가는
우리들처럼…

아카시아 나무

아카시아 나무는
해마다 오월 초에
낮에는 새하얀 꽃잎으로
밤에는 진한 향기로
존재감을 드러내고

강인함은 척박한 토양에서도
나무의 생존력에서도
더 이상 비할 데 없이

억척같이 살아온 나무의 결로
어제를 말해 주는데,

어려울 때
오늘 하루를 버터내기가
버거운 현실이 될 때

해맑게 꽃 피우는
아카시아 나무를 생각해 보세요

초록의 군모

초록이 짙어지기 전
연푸른 나뭇잎들이
온통 싱그러운 빛들로 가득하다

저 마다의 모습으로
삶 주변을 연둣빛으로 해 맑게 물들이고

어린 아이들처럼
순수하고 푸르른 빛으로
보는 이의 눈길이 호사롭다

그럼에도
머지않은 날에 뜨거운 태양볕과

굵은 빗줄기와 사나운 바람결에
살아남기 위해 초록의 군모로
제 빛을 내며 견디어 내겠지

무엇이든 강해야
살아남은 세상이니까…

꽃이 아름다운 이유

누군가를
반가움으로 맞이하는
정성스런 모습은
꽃으로 대함이 아닐 런지요

꽃이 활짝 피었다는 것은
그동안 목적을 두고 살아옴과
지금이 가장 좋은 때이기에,

이보다 더한 환대가 무엇일까?
이같은 정성을 무엇으로 비교하랴!
이만한 감사가 또 무엇이랴!

모두가 꽃을 좋아하는 이유는,
사람이 꽃을 사랑하는 의미는,
좋은 때 꽃을 선물하려는 마음은,

네 꽃도
활짝 피기를 바라기 때문이겠지…

아! 날씨 참 좋다

하늘은 맑고
신록이 푸르고
바람도 상쾌하다

사방을 둘러보아도 고요하기만 한데
여기저기서 온갖 새소리도 청량하다

오월의 장미는 붉은빛을 뽐내고
청 푸른 수국도 탐스럽기만 하고

가냘픈 하얀 찔레꽃이
바람결에 하늘거리는데

오늘 같은 날
바람결에 띄우는 한마디

아, 날씨 참 좋다!

송홧가루

소나무가
빽빽한 산등성이에서
퍽 소리가 나더니
누런빛의 송홧가루가 날린다

순식간에
산골짜기 양지바른 들녘이
누르스름한 포자로 뒤덮였다

이제 생명의 씨앗들이
저마다의 자리에 내려앉고
그리고…

자연이 생명을 만들어 가는 것을
넋 놓아 바라보고 있다

아, 자연은 살아있구나!

자연처럼
생명을 일구어야 하는구나!

모닝커피

하루를 살아갈
영육의 에너지를 채우고
아침 커피 한 모금을 마신다

커피 향이
멀리서 찾아온 친구처럼
따뜻함으로 번져오고,

이렇게
오늘 아침은
어머니가 생각난다

식사 후에
늘 커피 한잔을 하시던
고우셨던 그 어머니가…

그리움의 소리

때가 되어
부엌에서 나던 소리는
어머니께서 음식 만드시던 소리

달그락 달그락 소리 후에
우리를 부르시며
'얘들아, 어서 와 밥 먹어~'

그 소리는 먹을 것이
넉넉하지 않던 때에
우리가 기다리던
반가움의 소리였는데…

지금도
부엌에서 들려오는 달그락 소리는
보고 싶은 어머니를 생각나게 하는
그리움의 소리!

사랑의 힘

봄날 이른 아침

허름한 차림의 할머니께서
거리 이곳저곳에 버려진
폐지를 모우신다

힘이 부쳐 보이시는데,
아직은 이른 아침인데,
좀 더 집에 계셔야 할 시간인데
어쩐 일이실까?

힘들게 모은 폐지를
팔면 얼마나 될까?
그 돈으로 무엇을 하실까?

할머니를 기다리는
누군가를 위한 사랑의 힘이
찡하게 마음으로 다가오는
봄날의 이른 아침!

아름다운 꽃

삶의 주변에는
아름다운 꽃들이
여기저기에 피어납니다

정원에도 들에도
제 때에 곱게 꽃이 핍니다

그러나
꽃 중에 가장 고운 것은
부모의 마음에 늘 활짝 피어나는
자녀의 얼굴 꽃입니다

모든 자녀는
이 세상에 가장 아름다운
부모의 꽃입니다

오늘도
꽃처럼 살아가세요

6월

세계 평화를 기원하는 달

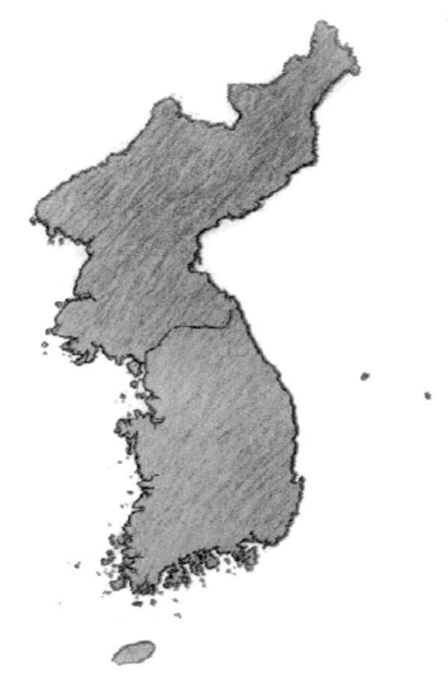

"평화로 가는 길은 없다. 평화가 길이다."

마하트마 간디

6월의 숲

6월의 숲에는
천의 모습들이 숨어있다

오솔길로 접어들어
맑은 눈으로 바라보니
숲의 얼빛으로 다가오고

분주한 마음 내려놓고
숲의 소리에 귀를 기울이니
숨어 있은 생명들의 흥얼거림이

조용한 소리로
세미한 속삭임으로
스치는 바람결이 되어
여기저기에서 들려오는 듯,

6월의 숲에는
천의 숨결소리가
고요히 머물러 있다

세월의 소리

한 해의 절반이 지나고
지난날의 시간들이
삶의 긴 그림자를 남긴 채

하루가 가듯이
여러 날들이 그렇게 지나면
계절도 너스레 떠나겠지요

함께 가야 좋겠는데
세월은 늘 그렇게

인생을 덩그러니 남겨놓고
저 혼자만 가네요

이렇게 몇 번의 풍경이 지난 후에
세월은 가슴에 물음을 남길 겁니다

그때
삶의 모퉁이를 지나는
세월소리를 들었느냐고…

넝쿨손

세상을 살아가는
방법은 다양하기도 하다

그중에 하나가 넝쿨손

칡, 담쟁이, 포도 줄기들은
주변의 기댈 것에 의지해서
생존 본능을 이루어 간다

아마도 오랜 세월을 통해
터득한 삶의 방식이리라

우리도 홀로 호연지기의
삶을 세워 갈 수가 없다면

누군가와 함께 꿈을 펼치는 것도

빛나는 인생인 걸
생각해 본 6월의 어느 날!

맹꽁이 노래

비 오는 날
물웅덩이의
맹꽁이 노래가 정답습니다

그래서 일까요?
그 노랫소리들이
궁금해집니다

자세히 들어보니
맹꽁 맹꽁은 아닌 것 같고
소리도 다양합니다

아마도 비가 와서 좋다고,
네가 있는 곳은 어떠냐고,
하여튼 꿈을 이루어보자고,
노래하는 듯합니다

비 오는 날 맹꽁이 노래가
마음에 울림을 줍니다

전쟁의 고통

평화롭던 세상에
붉은 어둠의 자식이
총칼로 짓눌러

해맑은
어린아이들의 웃음과
행복을 일구는 손길들을
공포와 떨림으로,

쫓기듯 죽음을 피하여
삶의 터전을 떠난
상처받은 눈빛으로,

다시 일어날 때를 위해
빵 한 조각, 물 한 모금으로
생명을 견뎌내는 모습

전쟁의
또 다른 아픔과 슬픔들…
            - 우크라이나 전쟁을 바라보며

기린의 눈망울

영변 약산의
붉은 진달래가
피고 지고 피고 지기를,

북에 두고 온
가족들 생각에
목이 긴 기린의 눈망울도
이제는 가물가물해지고,

서로를 보듬으며
함께 살아갈 사람스러움과
한민족의 정겨운 삶의 결을
어이하여 이토록 저버렸는가?

민족의 이름으로,
아물지 않은 전쟁의 아픔으로,
세계 자유인의 이름으로,

전쟁에 눈먼
어둠의 자식에게
북녘의 오늘을 물어 보노라!

보리밭

푸른
6월의 보리밭

삶이 턱까지
차오른 보릿고개

날마다
어머니의 마음은
타들어 가는데

그 마음도 모르는
청 푸른 보리는
여전히 짙푸른 녹색

언제 누런
곡식알들로 변할 런지,

오늘도 어머니의 눈길은
보리밭으로 향하시는데…

뻐꾸기

먼 산 숲에서
뻐꾸기 소리가 뻐꾹뻐꾹
은은히 들릴 때면

샘가에는 앵두가
빨갛게 익어가고

뽕나무 오디와
산딸기도 제법 여물고

논밭 일손도 바빠지던 때,

지금도 어딘가에서
뻐꾸기 소리가 들려오면

어느새
뒷동산에서 놀던 그때가
엊그제처럼 되살아나

함께 놀던 친구의 익살스런 얼굴들이
빛바랜 모습으로 떠오르는데

지금은 어디에서 무엇들을 하는고…

6월의 저녁노을

삶이 팍팍하여
오늘을 스치고 살아온
삶이 얼마인가?

이렇게
가슴 가득 노을빛에
물들여지는 것도
그 얼마였든가!

노을빛이 고운 것은
세월에 기대온 누군가의
고은 마음결 때문

어제의 빛바랜
삶마저 물들여 보려는
6월의 저녁노을빛!

오늘의 질문

드넓은 세계 속에
남북으로 나누어진 한반도

급변하는 국제정세 속에도
위정자들의 병명은 여전히
멀리 보지 못하는 불치의 근시

그럼에도 국민은 세계를 이끌어가고
미래를 만들어 가지만,

정치세력 간의 다툼이 여전하여
사회적 혼란만 가속되는 중,

이 와중에도 여기저기서
스쳐 지나는 영혼 없는 소리들은
국민을, 국민을, 국민을 위한 일들이라고…ㅎㅎㅎ,

어이하여 마음 아린 아픔들은 언제나
국민의 몫으로 돌아오는가!

오늘도 되묻는 질문 하나
이 또한 지나갈 수 있을거나?
         - 탄핵정국을 바라보며

우리가 할 일

이 시대
우리가 마음 깊이
되새겨야 할 정신

소중한 대한민국을
지켜내는 일

이제는 온 국민이
광개토대왕의 얼과
이순신 장군의 눈빛으로

애국지사 분들처럼
나라의 소중함을 일깨워

각자의 자리에서
정진을 다해야 할 때,

6월은
통일 한반도를 마음에 담는 달!

7월

자연에 귀 기울이는 달

“좋은 비는 때를 알고 내린다.”

두보, “好雨知時節”, 春夜喜雨 중에서

청아한 눈빛

무더워지는
푸른 7월은

깊은 산골
어느 소녀의 머릿결처럼
출렁이고

눈 맑고
수줍은 아이의 마음처럼
청아하기만 한데,

그 푸르른 빛들을
순박한 표정들을
마음 한 편에 간직해야지

옥색처럼
푸르른 7월의 눈빛으로…

초록 세상

한 여름으로 들어서면
세상은 초록으로 물들고

여기저기도
온통 초록뿐

푸르름이
덮인 세상은
하늘 맘이 담겨 있기에

너처럼
누군가에게 작은
평안함과 쉼이라도 되고자

7월의
녹음이 짙은
초록으로 물들어 가야겠다

돌 징검다리

어릴 적에는
돌 징검다리를 딛고 개울을
건너 다녔습니다

맑은 개울물 위에 놓여있던
돌다리는 온 동네 사람들의
온정이 오가는 건널목이었지요

세상은 편리해졌지만
징검다리와 같이 따스한
마음결들이 보이지 않아

세월만큼이나 무거운
인생 짐들을 지고 힘겹게 살아갑니다

든든한 돌 징검다리
하나 있으면 좋겠습니다

따뜻한 마음이 오고 갈 수 있는
그런 다리가 있으면 좋겠습니다

옹달샘

끊어질 듯 이어 흐르는
산속의 작은 샘

맑고 깨끗해서
잠시 걸음을 멈추고
들여다보니

세상의 온갖
어두움이 도드라지게
드러나게 보이고,

산이 거르고 걸러 내어 준
한 줄기의 청량함이

세월의 목마름을
시원하게 어루만져 주네요

먼 길 가는
길손을 위해 시원한 옹달샘
삶의 길섶에도 있으면 좋겠습니다

파도

바다의 파도는
끊임없이 이어지나
여운은 때마다 다르고

인생의 파고도
쉼 없이 다가오지만
미치는 여파가 또 다르듯

갔다가 다시 오고
풀어졌다가 연이어 얽히는

그렇게
되살아나는 지난날들이
오늘의 또 다른 삶의 자락으로
이어지게 하니

이것이
인생의 살아있음이려나…

그네

어릴 적 추억이
내려앉은 그네가
바람결에 흔들린다

가만히 서서
한동안 바라보는데
산새와 청설모가
잠시 스치듯 지날 뿐,

나마저 슬며시 지나기가
거시기해서 잠시 앉아
지난날의 씨줄과 날줄로
살아온 삶 결을 되짚어 본다

칠월의 산바람이
그네 위에 가득하다

산꽃

누군가의
손길도 닿지 않는
산모퉁이에 뿌리를 내리고
청아하고 함초로이 핀
이름 모를 산꽃

작고 적은
꽃잎 한번 피워내려고
오랜 세월 이렇게
제자리에 있었구나!

그래,
너처럼 뜻을 모으고 기다리면
때가 되어 꽃으로
피어나거늘…

자연의 생명력

농부를
힘들게 하는 것은

뽑아도 뽑아도 뒤이어
자라는 풀

허나
가꾸고 가꾸어야
겨우 자라는 곡식

가는 줄기에
매달린 열매 몇 알

그렇게
풀잎에 맺힌
고운 이슬 몇 방울

자연이 내어 주는
생명의 신비함

네잎클로버

풀밭에서
네잎클로버를 찾을 때
보일 듯 말 듯

행운, 행복
평화의 상징인 네잎클로버

사실은
기형적 토끼풀
상처의 흔적

네잎클로버,

마음을 치료하는
자연 치유자

세월 모퉁이

지난
어제를 돌아보니

말도 없이
저문 세월도 저만치서
물끄러미 나를 처다 보는데,

무거운 마음
세월 모퉁이에 내려놓고
내일을 바라보며

다가오는 세월에게
건네는 한마디,

'이제는 갈 때에 제발
말이라도 좀 해~~,'

ㅎㅎㅎ, ㅋㅋㅋ

평등

세상은 불공평해도
인생은 공평한 것처럼

모든 사람도 평등합니다

그럼에도
정치인들은 다름을 억지 부려
눈살을 찌푸리게 하네요

소중한
민주주의를 지켜감이
모두를 보듬는 손길입니다

살아내는 것이
어설피 주장하는 것보다
더 진솔하구요

오늘을
바르게 살아야 할 이유입니다

8월

일상생활에 기름칠 하는 달

"애국자의 피는 자유나무의 씨앗이다."

토마스 캠벨

소나기 한줄기

여름을
물들이는 것은
시원한 소나기

푸름이 가득한
여름으로 가는 길은
물오른 소나기 한 줄기

하지만 요즘의 빗줄기는
사람을 닮아서인지
폭우로 쏟아지는데,

이제는
그 옛날 어느 소년의
정겨운 소나기 한 줄기가
기다려지는 날

숲의 교훈

산속에는
이름 모를 수많은 나무들이
서로 이웃하여 살아갑니다

굵고 키 큰 나무
하늘만 바라보는 가는 나무
그중에 낮고 작은 나무도
있습니다

가만히 들여다보니
서로 부딪히지 않기 위해
요리조리 보듬은
모습입니다

좁은 공간을 부자의 마음으로
살아가는 따뜻함입니다

인생의 여정에도
서로를 보살피는 헤아림으로
살아야겠습니다

위로의 한마디

무더운 여름날 오후
나이 지긋하신 분이

와이셔츠, 넥타이, 양복에
한 손에는 가방까지 들고서
길을 걷고 있기에

그냥 지나치기가
다소 미안해서 눈인사로
'수고하십니다' 전하고

길모퉁이를 돌아
잠시 생각해 본다

자녀들과
가정을 지켜가기 위한
어느 아버지의 땀 흘리는
진솔한 삶의 한순간을…

땡 친 날

무덥고 후덥지근하여
바람조차 불지 않은 오후

오늘 하루는
완전히 땡 쳤다

무엇 하나 의미도 못 찾고
점찍은 것도 없이 그렇게
하루가 간다

인생의 삶 속에
이런저런 날도 있겠지만
유독 오늘이 낯 설다

언젠가
오늘 같은 날들을 돌아보며

그때 왜 그랬을까
많이 후회하겠지…

노부부의 손길

손바닥 보다
조금 넓은 텃밭에
참깨 농사를 지어
수확을 하시나 봅니다

두 노부부께서 신이 나셨습니다
손은 분주해 보이고
눈빛은 더 빛나는 것 같습니다

있는 힘을 다해도
일을 하시기에 부쳐 보이는데
얼굴에는 웃음이 가득하시네요

가던 길을 잠시 멈추고
가만히 생각해 봅니다
노부부께서 분주해 지신 이유를,

아마도 자식들이 눈에 밝히셨을까요?

자식들의 행복이
부모의 기쁨이기 때문이시겠지요…

폭염의 한때

한 여름의 8월
모두가 폭염에 지쳐있네요

언제 이 찌는 듯한
무더위가 끝이 날까요?

언제쯤 동산에 부는
서늘한 바람결을 느껴 볼까요?

허나 제 때를 맞이한
곡식과 과일들은 부지런히
폭염의 한가닥마저
지나치지 않습니다

이렇듯
하늘의 뜻에 순응하는
자연의 지혜를 배워야겠습니다

얼음냉수

무더위에
시원한 얼음냉수만 한 것이
또 있을까요?

한 모금의 청량함이
온몸으로 번져 가기에

잠시
지난 삶을
뒤돌아보는데,

… … …

앞으로 다가오는 날들은

누군가에게
시원한 얼음냉수가 되어야겠다는
무더운 어느 여름날! - 잠25:13

매미소리

시원스럽던 매미소리가
말복과 처서를 지나니
그 소리도 힘을 잃어가고

이 나무 저 가지에서
때가 지나감을 아쉬워하며
남은 시간의 명을 다하려는 듯
매앰, 매앰, 맴~~,

어쩌면
마음에 노을이 물들어 오면
처서를 지난 매미는
아닐 런지요

남은 때마저
명을 다하려는 매미소리가
맘 걸음을 재촉하는 듯합니다

하루해

하루해가
지기 전

저녁노을빛이
세상을 아름답게
물들여놓고 있다

'끝이 좋으면 다 좋다'고 했거늘
하루해가 그렇다

인생의 황혼녘이
노을빛과 같으면 좋겠다

삶의
고갯길을 넘을 때까지
곱게
빛 들여졌으면…

메뚜기 콤플렉스

메뚜기가
풀잎을 거니는 늦여름

발생된 문제가
해결할 능력보다
크게 느껴질 때 일어나는 현상
메뚜기 콤플렉스,

때때로 삶의 현실에서
'상한 갈대 지팡이'처럼
다가오는 절망감들 - 사36:6

그럼에도
어려움들을 견디며
살아내는 삶이 어디 한둘뿐이랴!

그러니
까치발이라도 서는 마음으로
오늘을 살아내야겠지…

되찾은 자유

누구를 탓하랴
빼앗겼던 자유를,

누구를 원망하랴
짓밟혔던 조국을,

맨주먹으로
잃었던 주권을
되 찾으려 했던 그 피 흘림들을,

이제는
두 눈 부릅뜨고
지켜내야 할 한반도!

아물지 않은 가슴으로
움켜줘야 할 그 아픔들을…

9월

소슬바람도 반가운 달

"진정한 친구만이 마음에 발자국을 남긴다."

엘리너 루즈벨트, 미 제32대 루즈벨트 영부인

늦더위

빨간 고추잠자리가
여기저기에
날아오르면

서늘한
소슬바람이 불어오는데
올해의 무더위는 여전히…

길 옆 텃밭에
옥수수수염은
짙은 갈색으로 물 들어가고

뒷산 알밤도
더 영글어 가겠지만

이 늦더위는
언제쯤 마음을 추스르려나?

마음을 추스른
가을하늘은 어떤 얼굴이려나!

초가을 햇살

햇볕이
뜨거워도 9월 햇살이
좋은 것은

곡식의 속 알머리를
영글게 하기 때문

속이 비인
쭉정이가 허송세월하는 때

농부의 손놀림도
덩달아 바빠지는 계절

인생의 삶에도
9월의 햇살이
빛들이길 바라는 마음

나무와 숲

산등성이에서
숲을 이루며
제 자리를 지키고 있는
소나무들이 군사처럼 보입니다

나무마다 제 모습으로
숲을 이루어 놓는 자태가
군마처럼 느껴지기도 합니다

거대한 시대적 흐름에
휩쓸리지 않는 옹골찬 눈빛과

서 있는 자리에서
주어진 일에 마음 다하는
손길도 아름답습니다

나무가 모여
숲을 이루는 것처럼 말입니다

능소화

꽃이 귀한
늦여름에 피어
어여쁨을 독차지하는
초가을의 꽃 능소화

너를 닮은 내손동
낮은 담장 옆에 피어
운치를 더해 주었지

과거시험에 합격하면
모자에 달아 품위를
더해 주었던 꽃이라는데,

가족의 추억이 깃든
아담한 옛집을 기억할 때면

그리움의 능소화 꽃잎도
곱게 피어오르고…

농부의 손길

이른 아침
산행 길에 나이 드신
농부 한 분을 늘 뵙게 된다

언제나
농작물을 보살핌이
수도승의 모습이다

심겨진 채소를
돌보는 손길이
어린 자녀를 살피는
부모의 마음이다

농부의 억센 손길에서
제 때를 살아가는
삶의 지혜를 배운다

부름의 상

메달을 놓고
선수들의 경쟁이
한 치의 양보도 없다

그동안
메달을 차지하기 위해
얼마나 많은 땀을 흘리며
준비해 온 시간들일까?

그러니
선의의 경쟁이지만
꿈을 이루기 위하여
최선을 다하는 순간들

인생의 삶도
부름의 상을 위해
그렇게 달려가야 하는데…
        - 2024 프랑스 올림픽 게임을 보며,

가을이 오니

무더위가
물러가는 하늘가에
뭉게구름 둥실 떠오르니
푸르고 파란 가을하늘이
점점 다가오네요

오랜만에
반가운 손 인사를 전해 봅니다

언제나
저 하늘빛은 여전했을 텐데

여름과 무더위와 먹구름이
가을하늘을 가렸겠지요

누군가에게
가을하늘이 되고 싶습니다

푸르고 파란
가을하늘이고 싶습니다

어느 초저녁

바람이 부니
구름은 흐르고

해가 기우니
하루가 저물어

이렇게
초저녁이 다가오는데

아름답게
물들여놓은 해 지는
서산마루 저녁노을처럼

머지않아
다가올 그때를
생각해 보는 어느 초저녁

오늘만 같아라

모두가
오늘만 같기를 바라는
추석 명절

가는 길, 오는 걸음이
불편하고 어려워도
온 가족이 모이는 날

보고 싶은 자녀들
눈과 마음 뜨락에 담고
그렇게 기다려 온 나날들

다함없는 손길과
눈빛으로 옹기종기
웃음꽃 피는 행복한 얼굴들

그 모습이 보기 좋아
담장을 기웃거리는 달님도
환하게 웃어 보는 날

가을하늘

큰손녀 리엘이가
선물을 주네요

"할아버지를 그린 그림"이라고,

잘 그렸는데
설명해 보라고 하니

그림 중앙에는 엄마
그 옆에는 아빠, 가운데는 동생
그리고 코딱지만한 사람 둘
그중에 하나가 할비, ㅎㅎㅎ, ㅋㅋㅋ

나도,
그림 한 점 그려야겠습니다
파란 도화지에 붉은 점 하나 찍고
제목은 '가을하늘'이라고,

ㅎㅎㅎ, ㅋㅋㅋ

그 손녀에, 그 할비…

가을 수수께끼

가을은
어디서 올까요?

시원한 소슬바람과
푸르른 가을하늘도,

가냘픈 코스모스는
길가에서 하늘거리며
왜 방긋이 웃고 있는 걸까요?

가을하늘이
청량한 것은
기분이 좋아서 일까요?

맑은 하늘을 보며
생각난 가을 수수께끼

10월

단풍꽃도 피는 달

"가을은 모든 잎이 꽃이 되는 두 번째 봄이다."

알베르트 카뮈

단풍꽃

가을은
나뭇잎들을 왜 붉은색으로
물들여 놓았을까?

은행잎들이
노란 것은 아마도
가을의 조바심일까?

가로수 잎들을
검붉은 색으로 물들여 놓은 것은
속 타는 가을 마음일까?

단풍잎이 서로 다른 것은
세상 돌아가는 것에 놀란
가을 얼굴빛이려나!

10월이
아름다운 것은
이 마음 저 마음들이 물들어
단풍꽃이 되었기 때문이겠지!

황금 들녘

10월의
널브러진 들녘에
황금물결이 일렁이는데

노랗게 누렇게
잘 익은 볏알들이
황금빛으로 가을을 물들이고

농부는
땀 흘렸던 어제의
버거웠던 일들이
밑거름이 된 듯 흐뭇한 마음,

구부러진
논두렁 길 위에는
아내의 눈빛도 올망졸망하게
웃음 짓는 행복한 모습

아름다운 10월의 들녘!

다가오는 가을

가을이
다르게 다가옵니다

햇살의 느낌이
바람의 살랑거림이

창문으로
들어오는 공기가
시원하게 느껴지는 때입니다

그래서
가을이 좋습니다

오는 가을을
오래 머물게 하렵니다

가을처럼
살아가고픈 마음입니다

고추잠자리

푸른 하늘이 높아지고
가을바람이 시원하게
부는 때

빨간 고추잠자리들의
날갯짓 비행은
한 폭의 수채화 그림

아, 그렇지
나도 어릴 때 들판에서
너와 함께 놀았던 때가 있었지

어쩌다
색동저고리 같은 그때를 잊고
이렇게나 살아 왔나,

고추잠자리야
이제는 삶의 노을녘에서
멋지게 날아 보자꾸나!

단풍의 이유

왜 일까요?
단풍이 물들어 감은,
단풍이 알록달록함은,

지난 여름
비바람의 흔들림과
햇살의 뜨거움을 원망함이

미안하기도 하고
부끄럽기도 한
모습들은 아닐런지요

단풍이 곱게 물드는 것은
어제를 돌아보는 마음들이
아름답기 때문일 겁니다

가을풍경

높아진
쪽빛하늘이
눈부신 햇살로
쏟아져 내리는 오후

눈빛은
단풍에 물들고
마음은 억새잎 물결에
흔들리고

이렇게
가을 풍경에
함께 물들어 가는
10월의 어느 날

어~ 단풍이 물드네

서늘한 소슬바람에
푸른 하늘 몇 번 바라보는 사이
어~ 벌써 단풍이 물들어 옵니다

가을을 맞이할
마음 준비도 없이
여기저기 단풍이 다가왔습니다

그것도
이~~쁘게 말입니다

귀여운 손녀들을 바라보듯
반가운 마음으로
가을의 빛들을 맞이해 봅니다

하루해가 저무는
만추의 들녘에서

아름다운 이 가을의 여운을
가슴 한가득 안아 봅니다

낙엽의 단상

비 오고
맑게 갠 시월의
어느 날 아침

예쁘게 물든
단풍의 함성들

인생도 단풍처럼
때를 아는 지혜를,

오늘 하루도
멋진 삶의 조화를,

내일도
단풍처럼 아름답게
살아가라고…

풀벌레 소리

하늘이 높고
흰구름이 여유로운 가을이 되면
여기저기서 들려오는
풀벌레 소리

무심코 지나가기가 아쉬워
가던 발걸음을 멈추고
가만히 들어보니

비슷한 듯 서로 다른 부름의 소리들

그 너머로 계절에 물들어
저무는 단풍 한 잎과
지나는 바람 한 점…

마음에 떠오르는 물음 하나

지나온 여정 속에
무엇을 노래하며 살아왔던가?

흐림의 차이

푸르른 가을 하늘에
바람 따라 흐르는 구름들

하얀색의 흰구름
어두운 검은 구름

큰 뭉게구름 작은 조각구름

끊임없이 지나가는
구름사이로 보이는
파란 가을하늘,

구름은 가을하늘을 지나지만
인생은 세월을 지나는데

스쳐 지나는 것이
어디 가을 하늘과
흰구름뿐이랴!

11월

열매로 보답하는 달

"눈물로 씨를 뿌리는 자는 기쁨으로 열매를 거둘 것입니다."

시편 126 : 5

가을 초대장

가을이
우리를 초대하네요

맑고 푸르른 하늘에
흐르는 흰 구름으로

들녘에
소슬 가을바람으로

여기저기
오색의 단풍잎으로

길가의
코스모스꽃으로

너른 들녘
익어 가는 곡식 낱알로

멋진 가을처럼 살아보라고…

늦게 핀 꽃

가을이
저무는 11월에
늦게 핀 꽃 한 송이가
마음을 머무르게 합니다

때를 놓친 것인지
지금이 제때로 착각함인지
다시금 자세히 들여다봅니다

하지만 꽃이 피는데
이보다 더한 것이 무엇일까요?

꽃을 피우는 것이
먼저니까요

꽃을 피우는 삶이
소중하니까요

늦게라도
꽃을 피우는 삶을 응원합니다

가을 마음

가을이 깊어지면
살아가는 모습도
가을스러워집니다

가을빛에 물들어 가면
마음도 발걸음도
단풍잎을 닮아갑니다

그렇게
세월을 헤아리면
바라보는 눈빛도
가을 마음입니다

잎의 사계

봄에는
푸릇푸릇 푸르른 싹으로

여름에는
파릇파릇 파란 잎으로

가을되어
빨갛게 노랗게 물든
단풍이 되어

겨울에는
여기저기서 모진 때를
바람에 휩쓸리는 낙엽으로

사계에 담겨진
잎의 뜻깊음이여!

가을 빈자리

여기저기에
가을이 가득 담겨
아름답습니다

고은 단풍으로,
잘 익은 곡식과 과일들로,
높아진 가을 하늘로,

이제는 가을도
제 갈 곳으로 떠나고 있네요

가을이 떠난 빈자리,

가을 마음으로
살 만한 세상을
만들어야겠습니다

가을 길

인생은
돌아가는 것

가을 길
언저리를 서성임은
여름 마음을 다독이려는 것

물드는 가을 길

철든 마음으로
돌아갈 때를 준비하는 것

가을 안부

친구여,

오랜만이네

단풍이
물드는 가을이 왔으니

머지않아
눈 내리는 겨울도 오겠구만

추운 겨울 오기 전에
얼굴이나 한번 봄세

건강하게나!

제자리

가을에 물든
낙엽이 바람결에
후드득 떨어지고

세월에
밝아진 맘 빛
굽어진 가을 언저리 길

노랗게 붉게
물들은 단풍잎처럼
가을빛에 철드는 계절

모두가
제자리로 돌아가는
늦가을 어느 날

가을비

가을에 물든
단풍잎에 토닥토닥
내리는 가을비는

눈에 보이는 여기저기에
손길이 닿을 이곳저곳에

가을이 남겨놓은
그리움과 기다림의
잔잔한 마음결을,

가을비 오는
낙엽진 오솔길은
나를 다독이며 터벅터벅
세월에 기대어 걷는 길

고독

11월은
왠지 옷깃을 세우고 싶을 때

가을을 타기도 하고
물든 낙엽이 떨어지기도 하고
저무는 노을이 아름다워서,

그러나 또 다른 이유는

돌아본
어제는 여전히 저만치에 있고

한 해의
끝자락은 바로 저 앞에서 보이고

살아온 날과
살아갈 나날들이
세월 모퉁이에 머물러 있기에…

어느 묘 앞에서

산 중턱
양지바른 곳에 모셔진
어느 분의 묘소

비석에 새겨진
고인의 빛난 삶이
돋보이고

이처럼 오가는 길손에게
내 보이는 것은 가신 분의
땀 흘림처럼 살라는 교훈

가만히 나에게 묻기를

마음에 새겨둘 뜻 하나
빛나고 있는가!

12월

세월자국을 남기는 달

"흐르는 물은 끊임없이 흘러 바다에 이른다."

채근담

오늘이 지나면

오늘이 지나면
누군가의 지난날들은
역사가 되겠지요

지금이 떠나면
남긴 흔적들이 나이테처럼
세월의 긴 그림자로 남게 될까요?

흔적으로 남는 것이
어디 세월뿐이겠습니까?

꽃잎을 스쳐간
바람 한 점은 어떠하구요?

그러니 오늘이 지난다고
우울해하지 마세요

내일 아침 해는
여전히 빛날 테니까요

살다보니

하루하루 살다보니
한 해도 저물어 가고

삶의 순간 순간에
남겨 두었던 수많은
아스라한 추억들

그리고 12월같이
왠지 낯선 날들도
지나게 되네요

이 모두가
인생이기에 넉넉한 마음으로
품고 가야겠습니다

알람

이른 아침
알람이 나를 깨운다

자다가 깨지만
어떤 때는 미리 기다릴 때도 있다

하나님의 부르심도
정해진 시간인데
어떤 모습으로 그때를
맞이하게 될까?

알람이 울리듯
다가오는 그 시간이
지금은 어디쯤 오고 있을 거나?

등불 켜기

한 해가 저물기 전에
지금 해야 할 일은
등불을 살피는 일

켜져 있어야 할
등불이 꺼져 있는지
빛은 비추일 수 있는지를,

세상이 힘들고 어려운 것은
밝아야 할 등불들이
어두워졌기 때문

한 해가 저물기 전에
등불을 살펴야겠습니다

마음의 갈 길을 비칠
등불 하나를 말입니다

세월

세월,
당신은 누구십니까?

당신을 좀 보여 주십시오

세월의 눈빛과 마음이 궁금합니다

오늘을 지나는
세월의 손짓도 보고 싶습니다

내일로 데려가는
당신의 뜻도 좀 알려 주세요

인생의 스승이신 세월,

오시려면 내 맘에
노크라도 좀 해 주시지요

몸에 좋다는
꼬리곰탕이라도 준비해 놓으려구요

마음 빗질

혼자일 때
아무도 없을까요?

그러나
내 자신, 시간과
세월도 함께 있지요

어디 함께 있는 것이
이것뿐이겠습니까?

12월은
조용히 마음 빗질하며
다가오는 내일을
준비할 때입니다

회복의 은혜

성탄절
이른 아침에 함박눈이
소복소복 내리고 있습니다

흰 눈이
온 땅을 뒤덮어 하얀 세상으로
변화시킴이 성탄의 은혜입니다

마음과 생각에도
성탄의 흰 눈이 하얗게 내려
회복의 은혜가 있게 하소서!

낮은 곳으로 임하시는
하늘의 외침을 듣게 하소서!

하늘에 영광
땅 끝의 평화를…

인생교훈

지난날
무엇이었든

다 얻은 것도

다 잃은 것도
아닌 것이

인생인 것을

인생은

직진이 아닌
곡선인 것을...

섣달 그믐날

어쩌면 더 이상 빌 수 없을
노모의 병상 문을 닫던
자식의 떨리는 그 손길에
섣달 그믐날은 거기에
숨어 있었지요

그 많던 날들 다 달아난
세월 벌판에 하늘 나그네로
서 있을 때 거기에도 섣달 그믐날은
있었겠고요

사랑하는 자식을
떠나보내는 부모의 버거운
뒷모습에도 섣달 그믐날은
거기에도 그렇게 있었을 거예요

그래요,
늘상 그날은 눈 길가는 곳마다
맘 길 흐르는 데마다
거기에 있었는데요…

해넘이

한 해의 끝 날이
아무 말 없이 저물어 갑니다

그 많은 날의
그림자를 뒤로 하고
저렇게 혼자 저물어 가네요

오늘까지 살아오게 했던 그날들이
저녁노을이 되어 갑니다

그래서 지금이 이토록 소중한
이유이기도 합니다

해가 노을로 저무는 것은

아마도 내일 아침
누군가의 얼굴에 웃음 한 다발
안겨줄 마음이 벅차기
때문일까요?

송구영신

오늘을 보내고
새날을 맞이하려 합니다
온 마음 다하여,

지난날의
아쉬움을 뒤로하고 다가오는
내일에 희망을 가지려 합니다
새로운 마음으로,

주변의 소리들을
마음을 열어 세미한 음성으로
들어야겠습니다
호렙산 하나님의 사람처럼,

하늘을 자주 쳐다보며
마음과 삶이 더 밝아지려 합니다
주님의 은혜로,

새해에는
그렇게 살아야겠습니다

13월

없는 듯 있는 빈껍데기의 달

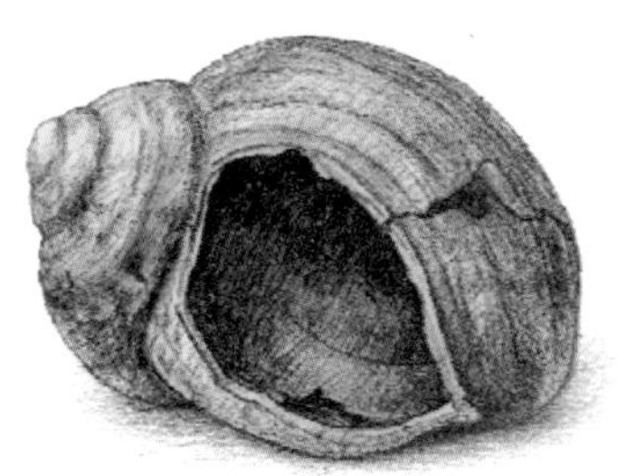

"밤하늘의 수많은 별들은 언제나 나를 꿈꾸게 한다."

빈센트 반 고흐가 동생 테오에게 보낸 편지 중에서

일깨움의 소리

13월은
보일 듯 보이지 않는 달이기에
없는 듯 있는 날들

그러나 마음과 정신을 기우려
빈껍데기의 얼에 집중하면
삶은 명품인생으로 빛나게 되고

산등성이에서 질곡의 시절을 견뎌온
나무결이 울림을 주듯

모진 환경에서
핀 꽃잎이 진한 향기로
인고의 날들을 밝히듯

13월은
생명을 일궈 낸
잊힌 빈껍데기들의
정신머리 맑게 하는
일깨움의 빛들로 다가가야 할 시간!

세월 나그네

세월을
벗 삼아 살아가는
빈한 삶짓

누군가의 스쳤던
안쓰러운 마음결과 그 눈빛을,

고운 꽃잎 저무는 소리와
떠나는 철새의 날갯짓을,

희망과 기다림 속에 심어놓고

가을날 소풍 가듯

13월을
품고 가는 세월 나그네!

세상의 소리

세상에서
들려오는 소리들,

어릴 때는
엄마의 소리가

자랄 때는
몸의 소리가

세상이 보이면서
마음과 정신의 소리가

철이 들면서
아버지의 소리가

그 후에
들릴 듯 말 듯한
13월의 하늘소리가…

한 번 더, 하나 더

더하기는
세상의 희망

넘어진 사람
일으켜 세우려
한 발짝 더 내미는 발길

삶의 짐이
버거워 어깨 힘 빠질 때
한 번 더 등 떠미는 손길

더 이상
어떻게 할 수 없을 때
한 번 더 토닥여 주는 마음결

13월은
사람스러움의 온정으로
누군가를 품고 사는 나날들!

멀리 보는 때

가까이 있는 것을
자주 보면 시력이 나빠져
안경을 써야 합니다

요즘은
보조 도구를 사용해서라도
보이지 않은 것까지
보려는 세상입니다

그렇다고 보아야 할 것을
다 볼 수 있을까요?

보이지 않은 것을
보아야 할 때가 있네요

13월에는
조용히 눈을 감고
나를 바라보는 시간입니다

길 안내

요즘은 스마트 폰에
가야 할 곳을 입력만 해도
자세히 길을 안내해 주는데

초행길 주변 분들께
굳이 물어보는 것은
따스한 온정 때문

가는 길을 누가
다 알 수 있으리오?

모르는 만큼 묻고
아는 만큼 알려줌이
사람스럽지 않은가?

13월은
하늘 길도 물어야 할 때!

공감

악기 소리가

기쁨으로
슬픔으로
그리움으로,

봄의 새싹처럼 새롭게
여름의 태양처럼 힘차게
가을의 단풍처럼 멋스럽게
겨울의 함박눈처럼 우아하게
다가옵니다

나이 탓일까요?
마음이 예민해서 일까요?
철이 들어서 그럴까요?

13월은
하늘마음으로 귀와 눈을 열고
주변의 소리를 들어야 하는
계절인가 봅니다

마음자리

무엇이든 지나간 자리에는
자국을 남기는데

원망과 시기가 지나간 곳에는
아쉬움과 후회함이

사랑이 머무른 자리에는
아름다운 마음들이

허둥지둥한 오늘이
지난 뒤의 남겨진 것은
무엇이려나?

13월은
하늘 눈빛으로
머물렀던 자리들을
돌아보는 시간!

마음자리

인생 꽃

세상에 귀한 것 많아도
나이만 한 것이 있을까요?

하늘과 세월을 흐르고 지나
더해진 삶결이니까요

이날 저날의
마음과 눈빛들로
피어난 인생 꽃이니까요

그런데 얼마나 하려나?

연륜과 경륜으로
기대치는 높아도
늘 만족하기에 힘든 나잇값,

13월은
인생 꽃값을 하고 사는가를
되돌아볼 때!

마음의 보석

눈물은
마음의 보석

때로는
말보다 강한 눈물 한 방울

진실이 담긴 맘 빛이니까

하지만
마음의 눈물마저
말라가는 세대

바라기는
공감의 온정이 사라지지 않기를,

13월은
누군가를 위해
눈물이 기도가 될 때!

로봇 청소기

ㅎㅎㅎ,

볼 일이 있어
밖에 나간 사이에 로봇이
바닥 청소를 깨끗이 했네요

그것도 스마트 폰으로
할 일을 마쳤다는 연락까지

로봇이
어찌 이토록 진정성을
느끼게 할까요?

하기야 첨단 과학 시대에
로봇의 도움을 받는 것이
어디 이뿐이겠습니까?

13월은
로봇과도 잘 지내야 할 때인가 봅니다

뒷모습

가끔씩
뒷모습을 돌아보곤 합니다
옷매무새도 그렇구요

아마도
조금이나마 나잇값을 하기
위해서 일까요?

남겨놓은 모습들이
궁금하기도 하고

누군가 나의 뒷모습을
쳐다보고 있을 것 같기도 해서요

오늘도 좋은 마음으로
하루를 살아가야겠습니다

너를 바라보는
그 눈빛으로 지나간 자리를
보듬어야겠습니다

에필로그

우리가 사는 세상은 날마다, 월별마다, 계절마다 아름답고 신비한 일들로 가득 차 있지만 무엇인가 의미를 부여하지 않으면 사라져 버립니다. 이렇게 잃어버린 것이 그 얼마이던가요?

언제부터인가 스쳐 지나는 세월을 헤아려 보다가 무엇인가 남겨놓을 것을 찾아 보기 시작했습니다. 그래서 해마다 계절과 월별로 다가오는 자연과 연계된 삶의 모습들, 계절의 아름다움을 시로 남기게 되었습니다. 이렇게 하여 세 번째 출판하게 된 것이

'세월여행'은 세월에 물든 마음으로 오늘을 살아가는 이야기들, 마음으로 바라보는 세상의 모습들, 그 가운데 오고 가는 의미 있는 흐름들, 계절이 들려주는 시간이 담긴 진솔한 일깨움의 마음 글입니다.

이는 마치 콩나물시루에 물을 부으면 다 쏟아져 내리는 것 같지만 그 중에 얼마는 콩나물이 자라는 자양분으로 남아 있는 것처럼, 한 해의 계절과 날들도 다 지나버린 것 같으나 어떤 날들이, 계절들이 마음

에 남아 내일을 밝히는 의미가 되기 때문입니다.

'세월여행'은 1월부터 13월까지 열 세 부분으로 나누어 월별의 의미 있는 날들과 때를 세월 나그네의 눈빛으로, 또는 아름다운 계절들의 모습과 지나감을 노을 져가는 아쉬움으로 엮어 보았습니다.

'세월여행'에는 의미 있는 13월을 첨가하여 일상적인 삶 속에 다루지 못한 이야기들을 담아내려 했습니다. 우리의 삶 속에 울림을 주는 그 무엇인가를 잊고 사는 것에 소중함을 되 집어 보기 위해서입니다.

세 번째 시집 출판에 도움을 주신 분들께 고마운 인사를 전하고 싶습니다. 호주에서 작품 활동을 하면서 표지와 월별 상징적 그림을 준비해 준 곽혜영 님, 함께 여행을 했던 울릉도에서 사진을 찍어 선물로 주신 김광선 명예교수님께 감사한 마음입니다. 그 사진을 '세월 여행'의 저자 사진으로 사용하게 되었습니다. 또한 은퇴 이후 서로의 마음을 보듬어 주는 조수회 여러 교수님들, 함께하는 19기 동기 여러분들, 지식나무 김복환 대표 이사님과 직원 여러분께도 감사의 인사를 전합니다.
늘 시집 준비에 관심을 갖고 용기와 격려를 아끼지

않는 아내 김정현 님과 사랑하는 자녀, 기대와 현경, 기훈과 광주와 그리고 손녀 리엘이와 다엘이에게도 고마운 마음입니다. 특히 주님의 은혜 가운데 태어나온 가족의 기쁨을 더해 주는 지안(에블린)이의 백일을 축하합니다.

'세월 여행'은 손녀 리엘이의 여덟 번째 생일을 기념하기 위하여 생일날로 정하여 출판하였습니다. 바라기는 앞으로 리엘이가 하나님과 사람 앞에 늘 사랑스럽게 자라기를 기도하는 마음입니다.

돌이켜 보니 시를 쓰는 것처럼 수채화 그림을 그리는 것도 또 다른 행복입니다. 그래서 오늘도 좋은 날, 세월 여행입니다.

2025. 11. 26.

저자 김국환

김국환

연세대학교 대학원 신학과 기독교교육학
McMaster University, MTS, MRE.
성결대학교 신학대학 기독교교육

현재 : 성결대학교 명예교수
역임 : 부총장, 교무처장, 교목실장, 대학원장 등
상훈 : 국민훈장 – 옥조근정훈장 등 수상
저서 : 사회현상과 기독교교육 외 다수

한국문인협회 회원, 한국기독교문인협회 회원

시집 : 열의 일곱 무지개 2023년 발행
　　　물드는 세상 2024년 발행
　　　세월 여행 2025년 발행

세월 여행

초판발행 2025년 11월 26일

지은이　　김국환
발행인　　김복환
그 림　　곽혜영

발행처　　도서출판 지식나무
출판등록　제 301-2014-078호

주 소　서울 중구 수표로 12길 24
전 화　02-2264-2305
전 송　02-2667-2833
이메일　booksesang@hanmail.net

ISBN　979-11-993878-5-0

값 15,000원